생환하라, 음화

파란시선 0020 생환하라, 음화

1판 1쇄 펴낸날 2018년 4월 30일
지은이 주영중
디자인 최선영
인쇄인 (주)두경 정지오
펴낸이 채상우
펴낸곳 (주)함께하는출판그룹파란
등록번호 제2015-000068호
등록일자 2015년 9월 15일
주소 (07552) 서울특별시 강서구 공항대로 59길 80-12(등촌동), K&C빌딩 3층
전화 02-3665-8689
팩스 02-3665-8690
모바일팩스 0504-441-3439
이메일 bookparan2015@hanmail.net

ⓒ주영중, 2018, printed in Seoul, Korea

ISBN 979-11-87756-17-0 04810
    979-11-956331-0-4 04810 (세트)

값 10,000원

생환하라, 음화

주영중 시집

너무나 너다

차례

시인의 말

제1부

생체-나무	13
청보리의 밤	15
실종	18
뼈의 기하학	20
엔드게임	22
원숭이 가면	24
의자의 정치학	26
李箱은 왜 호랑이 가죽을 행복의 상징이라 부르는가	28
沒年	31

제2부

꽃의 광인　　　　　　　　　　　　37

태양 프로펠러　　　　　　　　　　38

탁발　　　　　　　　　　　　　　40

날아가는 계단　　　　　　　　　　42

치르치르미치르　　　　　　　　　43

아이들의 음화　　　　　　　　　　44

잔혹 투명 구슬　　　　　　　　　　46

원룸　　　　　　　　　　　　　　47

깃을 날리며　　　　　　　　　　　48

금니 속에 비친 풍경　　　　　　　50

견갑의수　　　　　　　　　　　　52

길의 표정　　　　　　　　　　　　54

아파트 경비원 J 씨의 팝업북　　　56

죽음은 발견되어야 한다　　　　　58

제3부

한밤의 파레이돌리아   61

최초의 발작   64

대낮에 누가 울지   66

쌍둥이 성좌   67

유리 심장   70

무저갱   72

피와 검은 고양이   74

암점   76

生時夢   78

얼음 장미의 계곡   82

제4부

채석강   87

그림자가 겹치다   88

바람에 적다   89

고양이의 추   90

老翁이 간다   92

베란다 동백   94

발산대중사우나   95

빈집의 침입   96

백색 오토바이   98

코끼리 시간 여행법   100

하트 에이스   102

혀 속의 혀   104

종신   106

하얀 명령   107

가마우지의 여름 나기   110

다시, 파랑   112

해설

김수이 생활과 사랑 사이, 사라지는 매개자들   114

제1부

생체-나무

당신 생각은 불법이야, 살인적 리듬이 숨 쉬는 곳
당신의 광장에는 내일이 없지

幻影, 여름아
얼어 버린 물방울이 고요하게 폭발한다

도시 끝에서, 한강철교 너머에서
장마전선을 끌어올리며 우는 자귀나무
진앙지는 바로 나였다

거리의 속살 사이로 파고드는 질풍 같은 리듬
생활을 잊은 듯 질주할 것
리듬이 바뀌는 순간, 구피의 꼬리 같은
악몽의 시간으로 진입할 것

생환하라, 陰畵
생체-나무가 흔들리는 속도에 대해
꽃의 카오스에 대해 생각한다

분노는 겨우 바깥에서 터지는 꽃, 용납할 수 없는 자귀

꽃의 슬픔이 오늘의 술잔 속에서, 어진 사람의 입에서 혹은 묻지 마 살인자의 칼끝에서 터진다

　리듬을 앓는 눈썹과 내 입의 기울기, 운명의 창밖으로 날카로운 나무들이 이동한다
　바람이 구름을 밀어내듯
　초록의 잎들이 비밀을 누설하고 있다

　조문받는 느낌이랄까, 갑갑한 발로부터 이륙하라
　도시 상공에 구멍을 뚫는 처녀-새의 울음
　불을 옮기는 역린

　생활의 언명을 거스르는 태풍처럼
　오렌지가 피워 내는 곰팡이들
　녹색의 포자들이 지구의 리듬으로 날아가고
　생활이 알리바이를 앓는다

청보리의 밤

산이 변혁을 시작하듯
예언은 되돌릴 수 없지
청보리의 수염이 까슬까슬 심장에 닿는 밤

내 기억을 속죄하는
우뚝 슬픈 밤
호수로 걸어간 청년의 밤
큰 눈을 가진 검은 아이는 파리 떼를 쫓지 못하고
일용할 밥알들이 밥솥에서 말라 가는 밤

그런 밤을 살아라
보이지 않는 벌레들이 문득 얼굴을 지나
눈을 비추는 촛불을 지나……
부식된 철선처럼
빛이 되지 못한 광화문의 밤

작은 태풍이 오듯, 너를 향해
돌아가야 하는 시간
감동적인 글을 만난 때처럼
그렇게 너를 위해

침묵하며 다가가는 시간

전진하는 산의 호흡법을 배워 봐
큰 호흡법을, 신념으로 나아가는 속도를
산이 전진하고, 예언은 되돌릴 수 없지
멈췄다가 다시 요동치는 사랑의 밀림처럼

들어 봐, 신비를 버리고
빛의 울렁임을, 떠날 시간이야
먼지의 눈물 속으로
너를 맞이하기 위해
떠나야 하는, 칠흑 같은 이별

하늘을 향해 펼쳐진 성좌들처럼
매번 실패하는 사랑, 사랑들

청보리 수염이 심장에 닿는 밤
떠나간 사람들의 창백한
손,
산이 변혁을 시작하듯

작은 태풍 같은

몇 편의 밤이 찾아오고

사랑을 위해, 바깥을 향해

너를 위해 돌아가야 하는 시간

실종

너는 사라지는 발판이다
아득히 떨어지는 공포의 날들

너의 감은 눈,
죽음의 속눈썹에 입술을 찔린다

움직이며 悲願을 새기는
나는 거칠어진 입
비정한 것들의 옷을 벗겨라

잔악하고도 무도한 몽둥이를
발본색원하는 순찰대처럼
숨겨진 소리들을 휘감을 것

비어 버린 곳을 채우는 비명들
저 울음들 앞에서 나는 무장해제당한다
귀에 한가득이다

불협화음이 상형문자처럼 찍히고
나의 부적에 발원들이 들어차

발 디딜 틈이 없다

뼈의 기하학

가위가 돈다
거대한 가위는 날카로운 뼈다

태양을 재단하고 달을 오려 낸다
상징도 아니고 육체도 아닌
뼈가 조용히 움직인다

도시의 벌어진 입속에서
사람의 머리는 꽃처럼 잘린다

적외선 감지기 속 악귀들처럼
뼈들은 기어가고
뼈들은 일어서서 걷는다
모든 것이 발가벗겨진 빛나는 거리

해골의 구멍 속을 돌고 돌아
바람이 통과하고

뼈가 뼈를 타격한다
링 위에서 격돌 중이다

저기, 밤의 저수지가 바닥을 드러낸다
저 입은
의심이자 불안의 뼈

뼈의 말이 달리고
파문이 시작되고 죽음의 테마주들이 들썩인다
뼈의 성장곡선

스르르 지나간다
반질반질한 뼈에 비친 입의 표정이
분노를 넘어 저주로 변하고 있다

엔드게임

'우리는'이라 불러 봅니다
그래요 우리는 날카로운 창끝을 느낀 거겠죠
적이 우리의 입술 위에 있습니다
수가 떠오르지 않는 날들입니다
행동이 모자란 날들입니다

풍경을 보는 자가 풍경이 되는
사슬처럼 엮인,
우리는
풍경을 바라보기도 하고 풍경이 되기도 하지

묘수와 꼼수 사이에서
보이지 않게 압박해 오는 것들이
관자놀이를 지그시 관통합니다

안개처럼 진군하는 적의 창
방향은 알 수 없습니다
수세에 몰린 건 우리인가요

우리가 수세에 몰릴수록 더욱 수세에 몰리는 건 바깥

일 겁니다
  안개 속에서도 붉은 입술들이 떠다닙니다
  곧 종국일까요

  「위기 탈출 넘버원」에 열광하는 아이들
  그만큼 위험으로 가득한 날들이겠죠
  직관적으로 위험을 감지한 거겠죠
  탈출을 감행하는 아이들
  그들은 좋은 수를 발견할까요

  일상에 도사린 위험들
  세계적으로 난민과 독재의 날들이 지속되고 있습니다
  적이 있는 건 행복입니다
  누군가 말했던가요

  참으로 우습게 결정되고
  복기가 되지 않는 날들
  우리는 지난 얘기들을 쉽게 잊고는 합니다
  곰곰이 파란만장한 세월입니다

원숭이 가면

아이 가면을 쓴 자카르타 원숭이
검고도 두려운 눈동자의 시간
깊게 파인 눈처럼
가면의 것도 원숭이의 것도 아닌,

죽음과 삶에는 이음매가 없지
원숭이의 해에
한 시인이 죽고 한 시인이 태어났지

죽은 귀로
태어나지 않은 심장으로
흘러들던
신문 1면의 소음들

미국의 대외 원조 삭감 소식과 한국의 월남 추가 파병
소식
北傀 침공을 경고하는 목소리들

두 개의 신호등과 붉은 석양이
하나의 얼굴을 이루듯

연일 TV 뉴스를 장식하는
김일성의 아들 김정일의 아들 김정은

환관들은 긴 꼬리를 감추고
여전히 미국은 아름다운 나라이고
음영이 짙어진 '세월'은 더 깊은 곳으로 가라앉는다

이음매 없는 이음매
사람들이 원숭이 가면을 쓰고
멋진 신세계를 걸어간다

의자의 정치학

우리의 얼굴은 붉은 안개 같은 것이어서
또 다른 색의 원소들을 만나 폭발을 일으켰다
대개의 순서는 그러했다

의자의 모서리가 기울고
기운 의자는 기운 의자를 자꾸 잊어 가는데
이미 그가 말하고 있었다

마지막 카드는 남겨 두어야 해요, 문제는
사람이죠, 과연 문제는 사람입니다

입안이 온통 거울이어서,
입안을 돌고 돈
강력해진 말들이 바깥으로 행진해 갔다

호두 속살같이 얽힌 미로 안에서
자신의 괴물을 찾아가는 시간
의자를 찾아가는 시간

오늘은 우리의 침몰, 금이 가는 빙판

멈출 수 있는 게 아니었다

우리는 오해하기로 작정을 하고
서로에게로 범람했다

등나무가 머리 위를 뒤덮듯
담쟁이가 벽을 타고 자라듯
터전이 문제죠, 문제는 터전입니다

우리는 적을 이해하지 못하고, 적은 우리니까
바닥을 잊어버린 사람들처럼

李箱은 왜 호랑이 가죽을 행복의 상징이라 부르는가*

당신,
더러운 사냥개들을 향해
채찍을 휘두르는군
하얀 피부 속에 감춰 둔 뱀의 독기로,
독기 어린 눈으로
사냥 백에 담겨질 박제된 미래를 위해

당신,
총성과 충성이 숲을 채우면
당신이 미래라는 걸 입증하기 위해
희극으로 비극을 연출하지

눈을 감을 때마다
밤의 숲이다
총탄이 지날 때마다
숲은 하얗게 뚫리는 구멍이다
나타났다 사라지는 밤의 숲

여기,
호피 무늬 칸막이를 친

구산 사거리 사계절 호프에서
시베리아의 거대한 침엽수를 떠올린다
창가에 놓인 초록빛 율마
부화하지 못한 나방의 *前身*을 먹는다

칸막이, 칸막이
두터운 담요나 검은 천의 등화관제
눈을 감으면
알싸하고도 기이한 소독약 냄새가 났다
행복의 상징, '대한~늬우스'
화면 속 낯익은 성우의 목소리와 흑백의 영상
행복을 품고 잠든, 명멸하는 도시

밤의 숲,
소리와 눈과 귀를 잃어야
소리와 눈과 입이 되돌아올까?

쏙독새들이 돌아갈 곳을 잃고 배회하는
여기 지금, 이상은 왜
호랑이 가죽을 행복의 상징이라 말하는가?

노랑머리 중년 여사장이

「Killing Me Softly With His Song」을 튼다

귀에서 총성이 울린다

그런 밤인 것이다

●『이상 전집』(태성사, 1956) 중 「비화(扉畵)」.

沒年

광장에 서리 내린다
응결된 서릿발,
내려야 한다

무당벌레 한 마리, 뒤집힌 육체
고개 든 개미들
썩은 살이 흘러내린다
광장이 넓어지고
죽은 광장이 살아나고 있다

대지의 裂開
숨은 지각판이 요동친다
여진이 계속되고
본진을 기다리는 날들
축이 살짝 기우는 지각변동의 11월

투명한 햇빛에
훤히 드러나는 살
검은 피의 더러운 생리를 배운다

신경과 근육과 살갗이 뒤집혀
안이 바깥이 되고, 바깥이 안이 된다
최상부의 치부가 밑바닥의 생피가 되어
말단까지 흘러내린다

허깨비를 지키기 위해 움직이는 허깨비들
허깨비를 깨기 위해 움직이는 허깨비들
우스꽝스러운 사태를 바라보는
유모차 속 천진난만한 아이들

거짓말 같은 불편한 사실이 존재했다
설마 존재했다, 뒤통수를 맞았지
타오르던 불의 흔적들
촛농이 광장을 뒤덮는다

민중은 탓할 수 없지
재야 학자에게서 흘러나오는 냉철한 탄식
과연 그런가

붉은 고추가 투명해지는 계절

닫혔다 잠시 열리는
囊中之錐의 세계
카오스는 투명하게 드러날 수 있는가

보이지 않는 유령들이 일어선다
그래, 우리는 유령이었다
시간을 돌리려거든 서둘러라
불안과 원시와 분노의 날들
모든 아침에 떨어져 뒹구는 햇빛

행복한 아침입니다
미소 가득한 날 되시기 바랍니다
승무원 목소리에 얹히는
햇빛 강렬한 추운 아침
그런 날입니다, 참 처연한 아침입니다

오늘의 하늘은 죽었군
우리에게도 절박한 타락이 있었다고 고백하자
칼과 칼이 입속에서 돌고 있다
젖은 혀를 열고 새가 날아오른다

죽은 언어에 각주를 단다
죽은 언어와 나의 요설을 향해 제를 지낸다

몰년사해몰년사해
沒年死骸沒年死骸

제2부

꽃의 광인

깊은 단잠에 빠진
꽃이 영원에서 깨어난다

꽃의 눈 속에 내가 있다
한 번쯤 불경해진다

가시가 꽃 한 송이를 버텨 내고
붉은 날개가 중심을 잡지 못한다

서서히 움직이는
다음 생은 나비

바람이 꽃을 버텨 내고 있다
나비가 꽃을 버텨 내고 있다

태양 프로펠러

눈 속에서
노랗고 붉은 색들이 돈다
그래, 돌아가는 빛의 프로펠러

누구에게든 도달하여
물들인다
물드는 것에 대해 생각한다

어깨 한쪽이 내려앉은 고독한 외출
척추측만증,
환자가 걸어간다

하나의 빛, 하나의 어둠
여자가 가리키는 손끝에
가을이 있다

유난히 과잉된
노랗고 붉은 잎들
바람 한 줄기의 입맞춤, 스치는 사람들

굳은 심장을 위해
껄렁껄렁 껌을 씹고
'광진 산소' 헬륨 가스를 마시고
이상한 목소리로 걸어 다니기로 한다

분신 소식이 들리고,
다리 저는 미화원의
눈 속에서
프로펠러들이 회전하며 떨어진다

무례한 말 한마디가 사랑의 불을 끕니다
눈의 암점, 視界 0
우리가 매일 죽이는 목소리들
태양 속에서 노랗고 붉은 것들이 돌고 돈다

탁발

나비가
하늘을 야금야금 파먹는다
완전한 무정형의 춤

푸른 청과들,
분노를 잠재울 수 있을까
과일 가게에 사람들이 북적인다

괴물처럼 낯설고
소용돌이처럼 살아 움직이는
이끼 같은 '세월'

거대한 바다의 싱크홀,
우주가 딸꾹질을 한다

도대체 무슨 짓을 한 건가
기입된 명령어들이
검은 혈액 속을 떠다닌다

여기는

엄마의 무릎께, 정강이 부근입니다
생초록 잎이 가라앉는다

폐광에서 화약이 터지듯
내 팔의 솜털이
이상한 기운의 진원지로 향하고

눈이 없는 아이들은
늙어 가는 성좌 가운데 앉아
빛이 사라질 때까지,
물갈퀴가 자란다

날아가는 계단

그리고 계단, 피와 주검과 사랑과 낙상의
계단, 공사 현장 건물 외벽을 담쟁이처럼 두른
비계에서 스파이더맨처럼 매달린 인부들
사라진 허공도 계단이 되는
날아가는
계단,

계단을 타잔처럼 타고 있는 사람도 있다
내 호흡은 일종의 그런 것이었습니다
들숨을 줄이고 날숨을 늘리는 계단의 역사

움직이는 계단, 날아가는 계단, 돌고 도는
원형의 계단, 어디를 걷고 있어도
거꾸로 걸어도, 떨어질 수 없는 세상

치르치르미치르

무서운 일은 한 개체가 자라나는 일

새엄마를 맞은 동화 속 아버지들은
왜 무능력한 걸까요?
왜 자주 등장하지 않는 걸까요?
왜 간섭하지 않는 걸까요?
왜 아무것도 모르는 걸까요?
당신도 공범인가요?
새아빠를 맞은 엄마들은?

한 번쯤 무릎을 꿇고
바닥에 뒹구는
아이의 신발을 가지런히 놓아 본 적이 있는가?

새로운 균형을 위해

아이들의 음화

불빛 속으로 아이들이 사라진다
모텔 선샤인
돌아갈 곳이 없는 걸요
깊은 숲으로 들어가는 느낌이었어요

산골 마을 건강원
수양버들처럼 매달린 쑥대머리의 숲 속으로
흑염소 장어 미꾸라지 개소주 칡즙을 삼킨 몸의 숲 속으로

깽깽여우가
울고
종이폭탄이
터지고
팔딱개구리는 동서남북으로
혀를 내두르며 달아난다
음험한 미소를 짓는
투구뿔모양상자
희미한 어둠 속에서 아슬아슬 날아다니는 배꼽비행기

아이들이 벗어 놓고 간

허물들
색색의 접힌 종이들이
불을 달고서
허공중으로 사라진다

잔혹 투명 구슬

쓰러진 의자
나뒹구는 펜
수은처럼 맑은 허공
불규칙한 숨

바닥을 뒹구는 푸른 수초
산호 가지에 걸려
반짝이는 비늘

넘어져 뒹구는 선풍기
뽑힌 선을 따라 흐르는 소량의 전기
떨어져 나간 날개 보호 철망
잠시 도는 날개

손에 날카로운 어둠을 쥔
운명의 신
떠올랐다 사라지는
검은 눈동자

원룸

원룸들이 늘어 가네
그건 아마도 좋은 징조
또 하나가 길모퉁이에 세워지고
지금은 1층 거푸집만 서 있네
1층 위에 2층 2층 위에 3층
서로를 당기면 외로움도 줄어들지
그러니 좋은 징조
밤 11시로 돌아가는 길
거푸집 너머로 방이 보이고
어둠은 곧 빛이 되고 창이 되고
사람들 모여들 게니
원룸은 좋은 징조
1층 위에 2층 2층 위에 3층

깃을 날리며

노파가 화살통을 메고 가요
등에서 화살을 뽑아 가며
사방으로 던질 것만 같았어요
등이 굽고 키가 줄어든 그런 노파가요
정말이라니까요
자세히 들여다보니 빳빳한 한복 동정이에요
그러고 보면 이제 동정들을
채찍처럼 하나씩 뽑아 휘두를 것만 같아요
이 밀려가는 상황을 시원스레
타개할 것 같은 거 있죠
빽빽이 들어차 짜증스레 밀려가는 사람들에게
동정을 한 번씩 휘두를 것 같았으니까요
거 있잖아요 할머니로 변장한 남자가
힘없고 늙은 목소리로 아, 왜 이래
이러면서 한복 치마를 펄럭이며 날아올라
주위를 제압할 것 같은 분위기 말이에요
전 오히려 그런 상황이 일어났으면 하고
순간 바랐던 것 같아요 맞아요
날아오는 한 방에 눈이 휘둥그레지며
나가떨어져도 괜찮을 것 같았어요

노파는 그렇다고 함부로 내공을
발산하진 않을 거예요
결정적 순간이 오면 그건 평생 한 번
보기 힘든 장면이겠지만요
그 마르고 쪼글쪼글한 근육을
팽팽하게 펼칠지 모르죠
그 장면을 생각하며 혼자 웃었어요
이제 계단 끝이에요
젊은이, 바람 부는 대밭
그 너머 오두막으로 가려면
어느 방향으로 가야 하지
고개를 약간 들어 묻는 노파에게는
말할 수 없는 서릿발이 숨어 있어요

금니 속에 비친 풍경

누렇게 웃는 여자의 금니에서
방의 풍경이 비쳐 나온다
오십이 넘도록 여자는 방 세 평을 뱉어 놓았다
이 년 전 썩은 이처럼 빠져나간 사내

청년이 심각한 표정으로
담배를 빼어 문다
무림은 늪처럼 깊기만 하다
소녀가 신경질적으로 비수를 날린다

안개 자욱한 들판
주먹으로 손바닥으로 응수하는 청년
부엌에선 솥이 끓어 넘치고
성장이 빠른 사춘기에는
벽을 쉽게 통과할 수도 있다

구릿빛 생선들,
여자의 입에서 튀어나와
칼끝에서 죽어 나간다

번득이는 비늘

그 풍경 사이로 오는 저녁의 여자

쏟아 낸 것들을 향해 길을 되짚고 있다

견갑의수

공감하는 법을 잊어버린 사람들
그들은 대지 위로 떠도는 난민을 이해할 수 있을까
심장 속에 박힌 화살은
호두 속살같이 얽힌 미로의 시간은

석양의 붉은 입, 진흙 같은
어둠의 입속으로 들어가
잠드는 얼음 같은 밤들, 걷노라면
온 존재를 걸고 옷가지만 가벼이 흔들리고
몇 개의 코드만 건들면 물처럼 쏟아지리

울퉁불퉁한 단면을 들여다보면
그럴듯한 삶의 지층들도 발견될 것인데
운명의 괴물이 밀려오는 시간
멈출 수 있는 게 아니었고

깊이가 없는 빛으로 채워진 살갗
슬픈 몰골의 견갑골
빛이 모든 걸 집어삼키는 정오
풀기 없는 밥알처럼 장미 가시 위에 앉아

진화한 곤충의 눈을 하고
게걸스럽고도 퀭한 눈을 하고

숨을 멈춘 간지럽고 투명한 거리
부끄러운 곳만을 드러낸 채
거리의 포즈는 오래고
불행의 정점을 전시하듯 앉아

길의 표정

손수레 가득, 개나리 벚꽃 개나리 벚꽃
언덕길을 오르는 노인의 입에서 침이 흐른다
깨진 화병은 깨진 화병이고 길이 흐른다

떨어져 내리는 잎의 수효를 셀 수 없는데

중년 여인의 엉덩이
노상 방뇨를 하는 엉덩이
하얀 빛, 사람들 사람들 지나는 차들

잎의 수효를 셀 수 없는데

빨간 리본을 머리에 묶은 마네킹 공주
한 손에 마이크를 들고
좌로 빙글 우로 빙글

정지선 앞, 캠코더를 든 경찰관
투명 유리에 비친
누운 얼굴과 하얀 다리의 흔적
오가다 흩어지는 몇몇의 시선

갑자기 시선을 채는 소음들
음악의 선율 혹은 곤혹스러운 뉴스들
속지 마세요, 대기 속의 개나리 벚꽃 개나리 벚꽃
무혈의 무혈의 꽃이 피는데

옆으로 옆으로
게처럼 흘러 사라지는 시간들
차라리 풀잎 위 민달팽이로
끈적이는 흔적으로
지면이 여기 있음을 알겠다

아파트 경비원 J 씨의 팝업북

몸과 몸으로 옮아 다니며
피를 섞는 모기들
악몽의 기억은 그렇게 시작되지

스콜과 늪지 위로 터지는 예광탄처럼
음모와 배신이
불쑥 솟아나는 도시

밀림의 짙은 어둠이 문득 비치는데
어지러운 계단과
호수를 알 수 없는 흐릿한 문들

총구멍이 뚫린 판초 우의
혹은 무명의 해골

고층 아파트 계단 한구석
불안을 버티다 허물어진
바지와 구두, 술 취한 벌거숭이

경비원 J 씨의 거대한 두통에 들리고

허물들이 발굴되는 밀림 지대
피의 흔적들이 여기저기 옮겨 가는 밤

썩은 시간의 막을 뚫고
현기증을 앓는 날이 찾아들 거야
과거와 미래 쪽으로 진군하는 망령들

안경의 실금이
가장 깊숙한 곳들로 번져 가다
오늘의 저편에서 떠오를 거야

도시는 젖어서 빛나는데
맨발과 맨몸,
오늘은 당신의 역사

경비원 J 씨의 눈을 관통하는
우거진 초록의 밀림-아파트

죽음은 발견되어야 한다

며칠이 지났는지 모르도록
무슨 생각을 할까
어디가 가렵지는 않을까
배는 고프지 않을까
밤낮없이 TV가 돌아가고
과부하로 폭발하지는 않을까
피싱인지 인구센서스인지
전화가 울려도 못 받으면
누군가 궁금하지 않을까
냉장고에서는 곰팡이가 번식하고
물러지다 썩기까지
누구도 모른다면
다섯 개의 손가락을 바닥에 튕기며
얼마나 쓸쓸할 것인가
얼마나 심심할 것인가

제3부

한밤의 파레이돌리아

죽은 벌레가 살아 있는 벌레를 끌고 간다
기어가는 벌레의 음산한 모반

멀리 어둠 속에서
입이 없는 광대가 도달한다

표류자, 당신이 꿈꾸면 보여 줄게
광대가 말한다

우리의 미래는 가볍고
우리는 조용히 넘치지
나는 광대가 빠진 이로 웃고 있다고 생각했다

호흡을 뱉자
빗속으로 번지는 캘리그라피

머릿속에서
차가운 도마뱀들이
글씨를 쓰는 것 같아

외로움의 틈 속에서 피어나는
하얀 꿈들을 보여 주지
중력을 잃은 머리 위의 바위,
구름 위에서는 바다가 물결치지

그가 한 발 다가서자
슬픔의 냄새가 훅 끼친다
내 뼈에 새겨지는 알 수 없는 문자들

바위의 최초의 뿌리를 바라보게
죽음의 잎들 사이로
습한 바람이 지나는 걸 느낄 수 있지

검은 새라 말하자, 비상의 흔적 속에
음악 없는 밤이 찾아온다
죽은 사람의 사진에서 수염이 자라고
죽은 사람에게서 전화가 오는 밤

나를 움직이는 파동들
오늘은 불편한 용기

암판들이 밀어 올린 산 위에서
썩은 것들을 빨아올려
생명이, 생명이 되듯

죽은 자들이 살아나기 전에
파문이 시작되기 전에
스스로 쫓겨나고 스스로를 쫓아내게

우리는 내일에 취해
헐거워진 생활의 살갗을 잊고
태양이 사라진 쪽으로

얼굴 아닌 얼굴로
변화무쌍한 표정으로, 오늘은
불편한 융기

최초의 발작

목소리를 빌리자
타오르는 젖은 망막을 열고 새가 날아오른다

우리는 너나없는 이방인
왜 서로를 사랑하지 않나
심수봉의 목소리가 태양처럼 끈적거린다

이상한 시간으로의 여행이야
피로한 세포들의 저녁, 아마
나는 몽유병자처럼 이동 중이었다

기차 창 위에 놓인 안경이 바라보는 풍경
검은 비로드 옷을 입은 소녀가
춤을 추기 시작한다

태양이 지는 한강을 건너
비뚤어진 입을 가진 악마들이
유유히 고층 건물들을 오르고 있었다

분명 웃음 속에서 함께 웃던

기괴한 목소리가 생각했다

뱀처럼 흘러 뒤꿈치를 물어라
다시 흘러 심장에 박히는 목소리,
그 깊이가 목구멍 같았다

생의 처음을 응시하는 마음으로
홀로인 듯한 마음에 겹쳐
빛이 땅을 치다 사물들을 베고 지나갔다

영혼 없는 지저분한 발이
건물 꼭대기에 서더니
마침내 건물들을 타고 넘는다

대낮에 누가 울지

환청 같은 오후
한강 다리 위
빛에 잠시 들린다

저 명백한 심장 소리들
강 위의 소름들

이제야 세상 구경 나온
아기들

쌍둥이 성좌

각성의 바늘이 내 척수 깊숙이 들어왔다
순간 죽음의 얼굴들을 따라간다
영혼은 맡기고 들어가세요

어른들은 지루한 밤의 시간을
세상의 온갖 아름다움과 추함에 대해 일별하고
또 통과하는 데 썼다

사자와 사자가 종교와 종교가
너와 내가 정치가와 정치가가
영혼 없는 축제를 나누는

거짓 악수가 시작되는
4월이 없어졌으면 좋겠어요
5월이 6월이 그렇게 모든 달이

건물도 유리도 남자도 여자도 무표정한데
핏빛 술이 든 잔 속에만
바다가 있었고
어떤 비유도 없이 바다는 부서졌다

난 움직이면서 생성되죠
나는 노란 태양을 따라가기로 한다
태양의 중심을 잡아 빙 돌리자
오랜 시간 정지되어 있던 태양 속 섬유질이 긴장한다

당신을 읽으세요
지금다른여기혼돈을

가령 단정한 느티나무 옆 산발한 나무
이건 순전히 우연이지만
산발한 나무 아래 놓인 썩은 벤치에서만
사람들이 쉬고 있었다

사각 입방체의 매장지를 향해
뱀이 오고 뱀 장수가 오고 장미가 왔다

먼저 뱀이 다음으로 장미가 입을 열었다
투명한 비늘에 당신의 얼굴을 비춰 보세요
떨리는 꽃잎에 당신의 심장을 얹어 보세요

그러자 뱀 장수가 말했다
사람들은 자주 세상이 멀쩡하다고 믿죠
정직하다고 믿어요

절망이 용기를 낳듯
절망으로 사랑의 거위를 낳으세요
녹음 속에서 사람들이 익사하고
서늘한 증언이 계속되었다

신비스러운 힘이 깃든 거울 산
기울어진 면 속에 겁에 질린 내가 있다
거울이 부서져 내릴 것 같아 조심스러운데
거대한 진공이
빛을 휘감아 들이고 있다

유리 심장

거대한 스핑크스를 배경으로
누군가 거리 위로 퍽 하고 쓰러진다
사람들이 괴성을 지르며
이리저리 튀어 달아난다

허리가 동강 난 인형으로 말하건대
파멸된 육체는 옳은 법이지
불태워라, 절멸의 순간을
마지막으로 검은 눈을 뜰 수 있게
푸석해진 머리가 불길처럼 솟아오르게

몽유병처럼 일어나
바리케이드를 넘는 먼지들
끊어진 목걸이, 뒹구는 알에 비친
피 흘리는 구멍들

죽은 이의 육체는 옳은 법이지
당신의 묵념, 거짓된 침묵

불태워라,

유리 심장이 녹을 수 있게
피 한 방울까지 기화하게
깊은 잠 속에서 돌아오게

우연한 소음들이 나를 깨웠다
아직 잠들어 있니?
치유 불능의 전사 같은
내 심장 소리가 들리니?

무저갱

복면처럼 왔다, 한 치의 주저함도 없이
내가 보낸 자객들이 되돌아왔다
고요했죠 그러나 평온하진 않았습니다[*]

묵묵부답의 아이가 문득 무서운 말을 내뱉는다
아빠 입속에 들어갈래.
아빠 주머니 속에 들어가도 돼?

내 입속은 그러니까 내 주머니 속은 그러니까
내가 두려운 건, 목도리를 반드시
얼굴의 정해진 곳까지 덮어야 하는
그런, 한번 지시한 것은 어떻게든 해야만 하는
자기도 모르게 해야만 하는
인사는 꼭 해야 한다고
약한 고개를 눌러 구부리게 하는
그런, 갑자기 제어할 수 없이
튀어나오는 화의 불길 같은 그런

변명할 여지없이 날아드는
침묵의 칼날,

아버지가 되면 비난받을 자격이 생기지
세상을 읽으려거든 나를 통해 읽으렴

돌아서면 모든 게 불확실해지듯
미심쩍은 모습으로 그것들이 돌아왔다
나팔꽃이 나팔꽃을 잡아먹을 차례가 되었음을 느껴
뼛속의 유적까지 들어가 보렴

●영화「오리엔트 특급 살인 사건」가운데 사립 탐정의 대사.

피와 검은 고양이

길 잃은 개가
몸속에 들어왔어요
밥솥이 아비가 개미가
계단이 계단이

분명 전쟁 중이다
피가 비처럼 설렌다

가스 밸브를 잠그고 전등 스위치를 내리고
창을 닫고 현관문을 잠갔나
돌아서면 모든 게 불확실해진다

나는 어디 있었던 거지
내가 뒤늦게 따라오고
접속 불량의 신경 다발들
단기 기억상실증 아니 용량 초과의 날들

버스에서 낯선 거리에서
다른 리듬을 만들고 왔지만
곧 녹아 사라지는 계단
뚝 뚝 떨어지는 비

한 복싱 선수가 신성한 귀를 물었을 때처럼
피의 입술을 깨문다
전쟁 중인 자여

죽음의 고양이를 잊었을 때 비로소
죽음의 고양이가 나타나듯이
생활의 문자들과 전쟁 중인 자여

달빛에서 공포의 냄새가 난다
검은 구름의 근육들,
가해자는 사라지고 피해자만 남은 도시
생활을 위해 자라나는 근육들

흩날리는 문자들
무너지는 시간들
비가 행진해 간다

횡령이 무화되고 적법이 용인되는
세계를 향해, 알량한 행복을 위해
개가 길을 잃는다

암점

눈이 서걱거린다
시신경 검사기에 빛이 명멸하면
버튼을 누르세요

정상입니다
이곳에 체크된 생리적 암점은
누구나 볼 수 없죠

돌연한 죽음이 몰려드는 장소
가끔은 눈의 안에서
눈의 바깥에서
암점이 출몰한다

소란이 쌓이다
검은 낙진들이 덮이는 그곳

가령,
갈라지는 폐
쓰러지는 낙타인간
뒤집힌 물고기

누구나 볼 수 없는 곳이니까요
다시 검사할 필요는 없겠어요
불안해하지 마세요

무관심의 돌꽃
돌꽃 속의 돌꽃

시작할 수도
끝낼 수도 없는 거라면
서둘러 잊는 게 좋아요

고요한 망각의 지대에서
나는 여전히 서성이는데

파멸의 동심원에서
숨겨진 얼굴들 너머로
자꾸 공포의 선율이 들려온다

生時夢

프랑켄슈타인

앉았다 일어서면 나무거나 잡초였다
거친 몸에서 덜 여문 가지들 혹은 풀잎들이 한 움큼씩
자라난다
빽빽한 산림처럼
움직이는 야생

작은 악마가 숨어 사는
집
옷을 들춰내면
온통 잡풀과 잡목들이 우거진 영혼의 집

두려움이 자라고
매혹적인 공포가 사는 곳
나는
미로를 만들고
미로에서 헤매는 자

최후의 공포 속을

걸어 다니는 초목
살과 뼈와 내장을 뚫는 창들

황폐하고 거친 숲을 맞아들이는 일
피가 녹색처럼 짙어진다

프랑켄슈타인의 신부

나무 새우
나무 새우
거대한,
벽 속의
벽 속의
벽 속의 실재

늦더위가 목소리를 굴절시킨다
구름을 만드는 자
드디어 진화하는 걸까
검은 나무의 뿌리와 가지가
바닥과 천장을 뚫는다

펼쳐지는 시간의 꾸러미들

백 번째의 집, 천 번째의 집이 자라나고
벽 속에서 벽이 자라고

다시, 소름
작은 벌레와 작은 물고기가
암연의 등판을 기어가는
여기는 지하의 동공

흑갈색의 윤기 나는 머리카락이
침대 위 덩굴로 뻗어 나간다
등을 따라 강물이 흘러가고,

숨 쉬는 대지
병원의 기계와 한 몸처럼
고통스럽게 가지를 펼친다
임박한 기계의 아이

숨겨진 꿈의 상자와 잡동사니들

유리병 속의 개미와 벌레

웅크린 새우처럼

펼쳐졌다 어두워지는 집

얼음 장미의 계곡

검은 머릿결 같은 계단과 복도를 지나
하얀 글자들이 필라멘트처럼 끊어지는 곳

만년설로 붉음을 유지하는
알프스빌 305호로 오세요

슬픔도 썩지 않는 진공 속
이 꽃은 당분간 지지 않을 거예요
당신이 사는 동안
영원을 보여 줄 거예요

유리 상자 속에서 설레는
피처럼 붉은 꽃
당신의 심장에 축복을

외피에서 내피로 찔러 들어오는 송곳처럼
북쪽 창에서 불쑥불쑥 등장하는
마녀의 긴 머리카락들

붉은 잎을 껴입고 버티는

백야의 성, 불면의 밤
파란 영혼의 날들을 기억하세요

결빙된 말을 위해
대화체의 문장이 필요해요

이곳으로 오세요
문득 고유명사가 사라지고
발끝마다 맑은 물이 밟히는
가끔씩 뼈 부러지는 소리 들리는

열린 공간으로 비상하는 새들의 악몽
얼음의 암판들이 밀어 올린 융기의 시간

분명 하룻밤에 완성된 꿈이자,
나타났다 사라지는 밤의 숲

신선한 당신의 뇌수가 숨쉬는
알프스빌 305호로

제4부

채석강

붕 뜬 도끼처럼

다녀왔습니다, 허공을 찍으며

당신을 보내고 왔습니다

침묵으로 말을 감싸며 왔습니다

돌아오는 도로는 온통 칠흑이었습니다

배후와 한 뼘을 두고

내내 도망쳐 왔습니다

마지막으로 찍은

깊은 영혼이

자꾸 따라오는 것 같았습니다

그림자가 겹치다

문을 미는 순간
동시에 그가 문을 연다

그도 나도 앉아
말이 없다
술만 마신다

네 꿈을 꿨어
난 아무것도 아님을 알았어

검은 글자 속으로
그가 사라지고
한 세계가 열렸다 닫힌다

바람에 적다

—난지 하늘공원에서

인공의 지독한 냄새를 감춘
도시의 속살 사이로
언뜻 드러나는
질풍 같은 언덕

또 다른 리듬으로 질주하는
억새들의 리듬을 듣는다

도시의 혈류 속으로 구멍을 내는
갈색 피리
바람 끝에서 터지는
거친 호흡이 흐르고

난지도, 낯선 碑銘이
누운 채로 비를 맞는다
바람이 감아 돌며
잠든 억새밭을 깨우고 있다

고양이의 추

고양이가 뒷다리를 일으키자
눈 속에서 구름이 돌고
멈칫 꼬리를 치켜올리자
둥근 우주가 움직이기 시작한다

길 건너 시계방 시계추들은 정신없고
차 속의 인형들은 고개를 까닥거린다
코너를 도는 버스 속, 요동치는 손잡이들
열쇠고리에 매달려 흔들리는 가족들

거리의 요란한 추들
고요와 죽음을 깨우는
보이지 않는 흔들림

걸어가는 하이힐, 귀고리가 달랑거리자
단발머리와 분홍 블라우스가 살짝 부풀어 오른다

어긋나고 찔그러져야 비로소 움직이는
무질서의 수레바퀴
숨은 것들은 숨은 것들대로 덜렁대며 가고

파장이 뒤섞인 채

이 거리

잠시 진자의 힘으로 가득하다

老翁이 간다

두 處女 흰 종아리 내놓고 간다
산 밑, 흐르는 녹음 따라
신이 났는지 종알거리며 간다

모자 쓴 老翁이 하산을 한다
불편한 한쪽 다리를 절며 간다

더위에 지친 老婆
레이스 달린 런닝을 입은 채
집 앞에서 부채질을 한다

老翁과 老婆가 일직선이 된다
老翁의 걸음이 잠시 매끄러웠을까
거리의 사람들은 서로의 더위에 무관심하고
두 處女는 과일 장수 리어카를
이미 지나쳐 갔다

꿀수박 포도 물복숭아
껍질은 햇빛에 마르고 터지는데
꿀수박은 꿀수박이고

물복숭아는 조금씩 붉어지고
포도 알은 금방이라도 벗겨질 듯하다

햇빛에 잠시 달아올라
아지랑이 위로 살짝 들리는 오후
老翁이 간다

베란다 동백

동백이 핀다 어머니가 피워 놓은 동백은 화분에서 핀다 겨울에 핀다 너무 안에 있었다

추위에 얼어붙을까 집에 들여놓았는데 이제 밖에 내놓는다 남쪽에서 불어온 바람을 안고 동백이 돋아 오른다

바람은 휘감기고 동백은 휘어진다 너무 안에 너무 있었다

담장 너머를 바라보며 도둑고양이처럼 담장에 오르고 거리로 뛰어내려 달려간다 멈췄다가 다시 휘어진다

봄은 아직 먼데 담과 담을 넘으며 얼굴이 벌겋다

발산대중사우나

대머리도 털북숭이도 살결 뽀얀 아이도
어깨를 움츠리며 탕으로 모여든다

흩어지는 수증기에
승천 못한 용이 가끔씩 꿈틀거리는 곳

한차례 쏟아지는 폭포 냉탕 소리에
노옹의 주름이 잠시 펴지고

천정을 돌아 나오는 낮고 굵은 가락에
냉탕을 휘젓는 아이들

가슴을 쓸어내리자
묵은 것들은 아래로만 흘러내린다

탕의 열기와 신음 소리가
바람을 타고 창문 밖으로 차갑게 밀려 나간다

빈집의 침입

타인의 시간이 입을 벌린다
낯선 바닥과 서랍 속
먼지의 시간들
흔적을 지우다 보면
발자국이 지문이 걸레에 묻어 나온다

침실 부엌 거실 욕실이
하나의 신체를 이룬 원룸 아파트
꽃과 새와 덩굴이 생장하던
꿈의 정원을 그대로 둔 채 떠나간 그들

구석구석 흩어진
갈색 혹은 오렌지색 머리카락을
고양이 혹은 개의 회색 털을
틈에 몰린 담뱃재를
진공청소기로 빨아들인다

연둣빛 새싹이 하트로 날고
행복이 우체통에 배달되기를
조롱의 안에서도 바깥에서도 새들이 지저귀기를

고대하던 시간들이 틈과 틈 사이로 밀려 나온다

무릎을 꿇고
머리는 땅에 닿게 팔은 최대한 내밀어
오체투지하듯
흔적을 따라가다 보면

분절된 신체들이
그 시간으로
잠시 내밀어지다
거품 속으로 녹아든다

백색 오토바이

초록의 풍경들이
두텁게 붓 칠 된 살결 같고
속도에 취해
원대한 목표를 잃고 달린다

끝나지 않을 것 같은 터널이
꿈틀하고 들어오자
방치된 자의 내면 같은
일요일 오후가 흘러가고

바람은 등에도 주머니를 달아 놓지만
후경은 늘 허전하다

두통이 찾아오고
마른 잎들이 습기를 불러오는데
멀리 미니어처 같은 집들은
희미한 환영처럼 살아나

날들은 가고
앞으로 가면서 거꾸로 가고

끊어진 케이블
멈춘 그 자리

하얀 꽃다발 놓인
강변으로부터
벗어나기 위해
멈출 수 없는

코끼리 시간 여행법

투명한 장막을 건너고 있다
침실을 넘어 침실로
고요한 방에서 증권회사로
시간을 뛰어넘는 놀라운 기술

대학 졸업과 국민학교 입학이 뒤섞이고
402호에서 402호로
나는 불친절한 동생에서
윽박지르는 아들로 친척으로 친구로

새벽 세 시는 끝날 것 같지 않고
전철을 타고 잠실로, 전차를 타고 서울역으로
거대해진 몸집과 터진 살결로 너무 늦은 밤이라고
벨로스 아파트에서 벨로스 아파트로

붇고 트고 거대해진 발이 어둠을 더듬는다
시간을 훔치는 코끼리
물은 물이어서 흐르고 역류하지
빛과 어둠의 이중주

1인 3역 1인 5역을 연기하다 중심 없이 휘청거리다

윽박지르고 욕을 하고 부탁하고 협박하고 의지를 꺾지 않고

짝짝이 신발을 신고

자신의 영역으로 움직여 가는 광기

여기는 당신의 집,

멀리 돌아왔지

2차원의 점자를 배달하는 신문 배달원의 시간

3차원의 복도, 3차원의 고요

빛처럼 나타났다 흐릿하게 꺼져 가는 다차원의 얼굴들

하트 에이스

"내 고통이 환상이 아니라는 것을 스스로에게 증명하기 위해,
나는 눈물을 흘린다. 눈물은 표현이 아닌 기호이다."
—롤랑 바르트, 『사랑의 단상』

하트 에이스가 사라졌다고 아이가 운다. 동생을 탓하고, 모든 사물과 공기에게 짜증을 낸다. 두툼한 카드 한 묶음에서 미세하게 빠져나가 버린 한 장의 카드. 하지만 사라진 건 온전한 카드 한 벌. 있어도 있는 게 아닌. 비어 버린 그 자리.

납작한 어둠을 감춘 가구를, 팽팽하게 부푼 소파를 의심해 본다. 튀어 나간 각도에 대해, 흘러간 동선에 대해. 그래 무언가 사라지고 있다.

지금 내가 움켜쥐고 있는 건 사라진 카드 한 장. 무더운 여름, 손안에서 녹아 버린 하트 에이스. 여기에 없어서 더욱 붉은, 심장이 뛰고 있다. 하나의 글자가 사라지자, 문장들이 사라지고 온 세상이 하얗다.

심장의 紋章이 눅진한 물처럼 흘러내린다. 나는 물의 주름들에 대해 생각한다. '사라지는 매개자'를 두고 거대한 두통이 몰려오고, 어딘가에서 자기 증식을 하고 있을

문자, 문자, 문장들.

　오늘은 나의 침몰, 카드 한 장이 매우 그리워지는 시간. 어둠을 향해 엎드린 등 위로 시간의 빛이 부딪히며 하염없이 흩어지고 있다. 어딘가에서 불쑥 튀어나올 것 같다. 카드 속 심장이 풍선처럼 터질 듯 한껏 부풀고 있다. 사라지자 나타나는 붉은 카드 한 장이 온전히 생각나는 이 시간에.

혀 속의 혀

아이가 이력서 이면지로 보드게임과 주사위를 만든다

종이 주사위를 던지자
코끼리 코 하고 10바퀴 돌기

어지럽게 돌다, 사다리를 타고 지름길로 Go Go
코가 구름을 뚫고 하늘까지 닿겠다

지름길로 가고 싶어 안달이 났는데
둔중한 엉덩이로 이름 쓰기

구구단을 외우지 못한 벌로
반 아이들에게 엉덩이를 까 보여 주어야 했다

점프 10번, 신이 난다
곧 거꾸러질 시간이 올지라도
소원을 말해 봐!

아무것도 없는 백색의 빈칸
소음이 없어 좋다, 가위바위보

4칸 뒤로 돌아가자, 종이 뒷면에 비치는 늪

유쾌한 웃음과 침묵 사이에 놓인 보드 판
여러 겹의 혀가 소리를 지르고 있다

종신

당신 없는 미래를 상상하세요

컴퓨터 화면 속에서 여자와 아이들이 깜박인다
얼마간의 돈이 남겨질 것이다

오전 11시, 커피는 식고
거꾸로 매달린 유리잔들은 투명하다

마음이 내키지 않으면
2안 3안도 보여 드리죠

유리를 빠져나가는지 안을 채우는지
투명한 빛들에 눈이 부시다

치명적인 독을 내뿜으며
펜 끝에서 전갈이 꼬리를 치켜든다

하얀 명령

딸꾹, 허꾹~헛꾹
뭘 먹인 거야, 돌팔이
허꾹, 아빠! 아빠~!
숨을 멈추고, 아~ 허끄 이상한 음향들이
허꾹, 방 안으로 퍼져나간다
이상한 문자들이 방 안을 돌아다니고, 잠을 자야 하는데
엑스레이 속에 현상된 하얀 목뼈를 보며, 도올파리
이러다 거북목이 되겠지, 헛꾹

그래, 일어나 편안한 자세로 다리를 벌리고
90도로 허리를 굽히고, 흐읍
고개를 최대한 뒤로 젖히고, 허꾹
숨을, 멈추는 거야, 30초 간, 허윽

날개털을 다 뽑힌 닭처럼
앙상한 날개를 뒤로한 채 배 나온 닭처럼
자세를 잡고, 나는 우습고 아이들은 웃고
아이들이 말을 타듯 등 위에 올라타자
숨을 참고, 허꾹, 온몸이 진동한다

등에서 문자들이 튀어나올 듯, 허꾹거리고
아빠! 아빠! 응, 허꾹
우유 먹어, 아이들은 엄마가 되고 아빠가 되어
나는 갓난아기가 되어, 분유병을 물고
옛날 옛날에~, 옛날 얘기를 들으며, 하꾸~ㄱ

어꾹, 아이들이 날 진정시킨다
우유를 먹고 진정을 했으니,
젖소가 날 구해 주었으니, 아이들이 날 구해 주었으니
고마운 마음으로
음-메 음메 하고 싶은데,

아이가 아이를 재운다
뒹굴뒹굴 나는 아득히 흩어진다
일 십 백 천 만 십만 백만으로
그리고 드디어는 잠시 꿈속에서 무한대가 되었다
하얀 기분이 들고, 헛꾹

꿈속에서 나눠지지도 않는 줄을 끝없이 나누고
헛꾹, 알 수도 없는 흐릿한 문자들을 읽고 또 읽고

결국 그러다 참았던 숨이
꿈 밖으로 뼛속으로 스며든다

엑스레이처럼 시끄러운 침묵이 몸을 투과하며
어느새 낯선 문자들이 음각되고 있다
거북 등 위에 새겨진 갑골문처럼
뼈대에 하얀 명령들이

가마우지의 여름 나기

한 사람이 바다 끝에 선다
물과 뭍의 경계에서
시간이 밀려오고 또 멀어져 간다
한밤의 검은 파도
바다 위 혹은 아래에서
바람의 막, 파도의 막을 어쩌지 못하는
엄숙한 가마우지들

비가 내리고
비의 바다, 피의 바다
누구는 위험한 사랑을 고백하고
누구는 황량한 바다의 흔적을 바라본다
누구는 인어의 무연함과 하나가 되고
누구는 아나키스트의 후예

쓰러지고 떠나간 자들
빈방은 가시예요
귀에서 붉은 음표가 자란다
거대한 바람개비가 우리를 돌린다

누군가 카드 한 장을 내려놓고 간다
거대한 낫을 든 해골과
건조한 바람과
소용돌이치는 대지가 그려진
카드 한 장을

나의 신발 한 짝과 당신의 신발 한 짝 사이의 무한한
거리
우리는 숨구멍의 개수가 다르고
위치가 다르고
가끔 그림자가 겹치는

나는 순간 너를 살고 있어
혹은 나는 너를 떠나가고 있어
우연히 만나고 언제 떠날지 모르는 운명의
겹침과 흩어짐 사이
그사이에 선
유쾌한 가마우지들

다시, 파랑

　여자가 파랑 칫솔을 칫솔 통에 꼽기 시작하자
　난 강력한 파랑의 습격에 손쓸 틈도 없이 다른 색들로
전전한다
　노랑 빨강 옅은 초록

　여자의 출입이 뜸해지자
　난 통 속에서 여자의 파랑을 치우고 내 파랑들을 집어
넣기 시작한다

　난 그때부터 다시, 파랑
　불편한 색들이 사라지자 모든 색은 정색이 반색이 되고
　여자는 통 속에 다양한 색의 칫솔을 꼽기 시작했다

　별 신경을 쓰지 않기로 하자 더더욱 파랑이 손쉬워진다
　한차례의 파랑이 필요한 일, 색의 반란이 필요한 일

　하지만 내가 잃은 건
　파랑의 파랑, 파랑의 파도, 끈질긴 파랑, 파랑의 역습,
여자의 파랑
　최소한 이 욕실에 묶여 있는 내 것이 아닌 색

여자가 돌아온 어느 밤,
비몽사몽 술에 취해 이를 닦는다
모든 색의 살갗에 나의 살갗을 가져다 대본다

생활과 사랑 사이, 사라지는 매개자들

김수이(문학평론가)

『결코 안녕인 세계』(민음사, 2015). 주영중의 첫 시집에는 "심장을 들썩이던 작은 광기"의 기억에 사로잡혀 "너를 잊는 기술을 모르"는 자의 고뇌와 우울이 범람한다. "너를 잊는 기술"을 모른다는 것은 '나'를 굳건히 하는 일에 번번이 실패한다는 뜻. '너'와의 이별의 인사이자 만남의 인사인 '안녕(安寧)'은 정반대의 상황을 같은 단어로 묶는 아이러니를 통해 '너'에 대한 '나'의 구조적인 실패를 집약한다. '너'와 '내'가 '평안'을 뜻하는 '안녕'이라는 단어를 거듭 말할수록 절감하는 것은, 상실과 만남(획득, 회복)의 극단적인 거리를 오가며 끝내 온전한 상실에도 온전한 만남에도 이르지 못하는 실패와 분열이다. '안녕'은 그저 하나의 관용적 기표이거나 불가능한 관념의 표상, 애초의 기의와 어긋나 불구의 언어로 전락한 지 오래이다.

　결코 안녕을 고하는 세계에서 결코 안녕(하지 못)한 '나'는

"긴 내장에 깃든 불안"으로 흔들리는 자, 정신의 차원을 넘어 육신의 내장에까지 침투한 불안으로 안으로부터 바깥으로 범람하는 자다. 사실 먼저 범람한 것은 타자와 세계였다. 타자와 세계가 수시로 '나'를 향해 범람할 때 '나'의 안은 혼란과 과잉으로 위태롭게 출렁거린다. 범람은 세계 앞에 무력하게, 또한 기꺼이 자신을 노출할 수밖에 없는 자의 불가피한 의식이며 존재 방식이다. 동시에 내부에 가해지는 외부의 힘이 압도적일 때 발생하는 물리적인 현상이기도 하다. 한 존재가 세계의 폭주를 감당하는 데는 한계가 있고, 그런 시간들에 '나'는 존재의 갈라진 틈으로 인해 미동조차 하지 않아도 자신의 바깥으로 범람한다. 눈물, 비명, 광기, 사랑, 절망, 예술 등은 이 범람의 다양한 양상들로, 너 나 할 것 없이 모든 존재가 최후에 경험하는 범람은 죽음이다.

존재가 자신의 바깥으로 범람하는 불가역의 흐름을 바꾸려는 듯 주영중은, "범람하라,/내 안을 향해 범람하라"라고 외치지만, 이것은 가능성이 별로 없는 무심한 중얼거림에 가깝다. 실제로 주영중이 주목하는 것은 '나'와 '당신'과 '우리들'의 곳곳에서 계속되는 범람의 움직임들이다. 범람은 압도, 뒤덮음, 가라앉음, 붕괴, 소멸 등의 폭력적인 속성과 연계된다. 젊은 시절 주영중의 경험에 기인하는 것이겠는데, 범람의 현장에 흐르는 배경음악은 386세대가 즐겨 듣던 팝 음악이다. 밥 딜런, 로이 뷰캐넌, 핑크 플로이드 등의 노래와 연주는 "결코 안녕인 세계"에 고하는 주영중의 이별의 인사이자 만남의 인사를 대신한다. 주영중의 첫 시집이 이별이나 죽음 직전의 필사적인 연주와도 같은 비장한 음색을 지닌 것은, 그가 생각하는 존재의 범람에 가장 어울리는 형식이 '음악'이기 때문인 것으로 보인다. 주영중에게 음악은 존재의 치명적인 범람을 절감하고 세계의 균열을 선명히 자각하는 이중의 기제로 작용한다. 가령, 메시아가 다시 올 것이라는 연주가 흐르는 가운데 메시아가 다시 오지 않을 것이라는 불안한 예감이 범람하고, 천국의 문을 두드리는 노크가 계속되는 가운데 온갖 것들이 삐걱이고 탈구되며 '녹녹녹(부식을 뜻하는 '녹(綠)'으로 들리고 읽힌다)'이 번져 나가는 식이다.

범람!이라 발음하자 비로소 몸을 드러내는 홍수 통제소
오늘만은 당신 바깥에 있을 것, 메시아네버윌컴어게인
당신의 기타는 이렇게 울고 있었죠? 하지만 감사해요, 기
다릴게요
무너질 게 있다는 건 얼마나 다행한 일인가요
　　—「한강대교 북단에서 남단 방면 여섯 번째 교각에서」
　　　　　　　　　　　　　　　　(『결코 안녕인 세계』) 부분

노노녹킹온헤븐스도어 녹녹녹······
문이 삐걱이고 무릎뼈가 삐걱이고 자동차가 삐걱이고
우리들이 삐걱이고 두려움이 삐걱이고
수화기를 넘는 말이 목처럼 꺾이고

전쟁 같은 목소리 내 턱이 탈구되고 말이 혀가 꼬이고

(중략)

여전히 인간은 인간이고

내 눈 밖에 내 눈 바깥으로 당신이 있으니
내 눈이 돌아간다 내 눈이 점점 돌아가고 있다
저 많은 비들은 어디서 온 걸까
혀의 물, 피의 물, 뼈의 물

— 「구름의 묵시록」(같은 시집) 부분

   '세계에서 가장 위대한 무명 연주자'로 불렸으나 의문의 자살로 생을 마감한 로이 뷰캐넌의 「The Messiah will come again」은 메시아의 재래를 더없이 비장하고 아름다운 선율로 연주하며, 같은 제목의 영화 주제곡으로 쓰인 「Knocking on heaven's door」는 죽음 앞에 선 자가 갈망하는 천국의 비전을 담담하고도 절박하게 노래한다. 주영중은 이 음악들을 "메시아네버윌컴어게인", "노노녹킹온헤븐스도어 녹녹녹……"이라고 띄어쓰기 없이 한글로 다시 쓰면서 균열과 회의의 버전으로 리메이크한다. 이 균열과 회의는 애초에 원곡에 각인되어 있는 것이기도 하다. 메시아의 재래를 간절히 외치고 천국의 문을 두드리는 연주와 노래는 사실상, '메시아는 다시 올 것이다. 그런데 정말 올 것인가?', '천국의 문이 열리기를 소망한다. 그런데 과연 열 릴 것인가?'와 같은 확신과 의심, 소망과 불안 등이 뒤얽힌 복잡한 심정을 호소하기 때문이다. 이 음악들에 열광하는 청자 역시 모순된 심정에 휩싸이는 것은 같다.

믿으며 의심하고, 고양되며 추락하는 음악의 청자는 곧 주영중 시의 화자인 바, 주영중에게 '음악'은 '존재의 범람 혹은 범람하는 존재'를 가장 사실적으로 재현하는 미학적 형식이며 '시'는 그 범람에 필연적으로 수반되는 균열과 회 의를 구체적으로 사유하고 발화하는 장이 된다. 주영중은 두 번째 시집 『생환하라, 음화』에서 "바깥으로 행진"하는 "말 들"과, "오해하기로 작정을 하고/서로에게로 범람"하는 "우 리"의 존재 방식의 "대개의 순서"에 관한 탐구를 지속한다.

우리의 얼굴은 붉은 안개 같은 것이어서
또 다른 색의 원소들을 만나 폭발을 일으켰다
대개의 순서는 그러했다

의자의 모서리가 기울고
기운 의자는 기운 의자를 자꾸 잊어 가는데
이미 그가 말하고 있었다

마지막 카드는 남겨 두어야 해요, 문제는
사람이죠, 과연 문제는 사람입니다

입안이 온통 거울이어서,
입안을 돌고 돈
강력해진 말들이 바깥으로 행진해 갔다

호두 속살같이 얽힌 미로 안에서
자신의 괴물을 찾아가는 시간
의자를 찾아가는 시간

오늘은 우리의 침몰, 금이 가는 빙판
멈출 수 있는 게 아니었다

우리는 오해하기로 작정을 하고
서로에게로 범람했다

등나무가 머리 위를 뒤덮듯
담쟁이가 벽을 타고 자라듯
터전이 문제죠, 문제는 터전입니다

우리는 적을 이해하지 못하고, 적은 우리니까
바다를 잊어버린 사람들처럼

—「의자의 정치학」 전문

'폭발'과 '침몰'은 범람의 가장 극단적인 양상이다. 의자
뺏기 놀이에서 착안된 이 시는 서로의 존재가 아닌, 단지

'의자'를 차지하기 위해 폭발하고 침몰하면서 서로에게 범람하는 '우리'를 스케치한다. 우리는 서로에게 이기적이며 폭력적인 존재 방식을 관철하는 공통의 생존 감각을 지닌 점에서만 '우리'로 지칭된다. 동일한 방식으로 서로를 제압하려는 이 자기 파괴적인 공동체의 실상은 참혹하다. 다른 얼굴들을 만나 폭발하는 "우리의 얼굴", "온통 거울"인 자신의 "입안을 돌고 돈" 끝에 자신을 반사하고 증식하며 더 "강력해"져 "바깥으로 행진"하는 우리의 말들, 파열을 뜻하는 '터진'과 발음이 비슷한 우리 삶의 황폐한 "터전" 등은 존재의 범람이 '오해'와 '몰이해'를 유발하며 각자 "자신의 괴물을 찾아가는 시간"임을 고스란히 입증한다. 범람하는 존재는 다른 존재를 "뒤덮"고 "타고 자라"면서 단지/겨우 생존과 생활을 영위한다. 이 과정에서 울려 퍼지는 안타까운 외침, "마지막 카드는 남겨 두어야 해요, 문제는/사람이죠, 과연 문제는 사람입니다"라는 말은, 사람의 가치에 대한 간절한 믿음이라기보다는 사람의 비루함에 대한 반어적인 냉소에 가깝다. 마치 정해진 삶의 순서인 양 "의자를 찾아가는 시간"은 "자신의 괴물을 찾아가는 시간"이며, 등나무와 담쟁이의 무서운 생명력으로 오직 내 삶의 터전을 만드는 데 매진하는 시간인 까닭이다.

낭시, 블랑쇼 등의 철학자들이 통찰한 것처럼, 인간은 타자와 온전히 공유할 수 없는 생명과 내면을 지녔음에도 바깥으로 벌어져 타자와 더불어 외존(外存)하는 존재이다. 이를 반영하듯 인간이 만든 표현과 소통의 방법들도 예외 없이 '바깥'을 향한 방향성을 갖는다. 그런데 주영중은 바깥의 방향성이 타자에 대한 이해와 사랑을 보장하는 것은 아니라는 점을 날카롭게 간파한다. '바깥을 향하는 존재의 윤리'는 주영중이 탐구하는 시적 과제의 핵심으로, 이번 시집에서 그는 다양한 층위에서 바깥을 향해 범람하는 인간의 삶의 실상을 냉정하게 직시한다. 그동안 우리 시가 '바깥(타자, 외부, 저곳, 미래 등을 함축하는)'에 부여해 온 혁명과 구원과 윤리 등의 지위를 다시 생각해 보는 것, '바깥'이 갖고 있는 여러 층위를 엄밀히 구별해 보는 것, '바깥'을 자칫 신화화할 수 있는 위험을 경계하는 것 등은 주영중이 현재 관심을 갖는 시적 과제인 것으로 보인다.

주영중은 '바깥'을 생존과 생활의 가장 직접적인 차원에서 접근한다. 주영중은 앞서 살펴본 의자 뺏기 놀이로 상징되는 생계의 실상과, 다음 시에 그려진 "접속 불량"과 "용량 초과"로 점철되는 생활의 실상을 통해 바깥을 향한 '존재의 범람'이 자기 보존과 자기 훼손을 동시에 초래하는 역설을 사유한다. 주영중의 사유를 따라가자면, 우리가 충분히 확보하고 있지 못한 것은 바깥이 아니라, 바깥을 사용하는 방법이다. 우리와 바깥의 관계는 긴밀한 상호작용 속에 있다. 바깥을 폭력적으로 사용함으로써 우리가 위기에 처한다면 바깥도 결코 안전할 수는 없다. 주영중은 단언한다. "우리가 수세에 몰릴수록 더욱 수세에 몰리는 건 바깥일 겁니다"(「엔드게임」).

길 잃은 개가

몸속에 들어왔어요

밥솥이 아비가 개미가

계단이 계단이

(중략)

나는 어디 있었던 거지

내가 뒤늦게 따라오고

접속 불량의 신경 다발들

단기 기억상실증 아니 용량 초과의 날들

버스에서 낯선 거리에서

다른 리듬을 만들고 왔지만

곧 녹아 사라지는 계단

뚝 뚝 떨어지는 비

(중략)

생활의 문자들과 전쟁 중인 자여

달빛에서 공포의 냄새가 난다

검은 구름의 근육들,

가해자는 사라지고 피해자만 남은 도시

생활을 위해 자라나는 근육들

흩날리는 문자들
무너지는 시간들
비가 행진해 간다

횡령이 무화되고 적법이 용인되는
세계를 향해, 알량한 행복을 위해
개가 길을 잃는다

—「피와 검은 고양이」 부분

'나'는 "길 잃은 개", "밥솥", "아비", "개미", "계단" 등의
타자와 세계가 "몸속에 들어"와 범람한 흔적이며, "접속 불
량"과 "용량 초과"의 기술적인(?) 문제로 인해 다시 타자
와 세계에로 범람하면서 흩어지고 무너지는 생활의 다발이
며 덩어리이다. 이 시에서 주어 '나'는 끝 부분에서 슬쩍 '개'
로 바뀌는데, 이는 세계 속에서 길을 잃은 '나'가 자신의 몸
속에 들어온 "길 잃은 개"와 존재론적으로 구별되지 않음을
암시한다. 타자를 오해하고 자신을 착각하면서 생활하는
'나'들은 가해자이자 피해자로서 모순된 정체성을 지니고
있음에도, 이 중 피해자의 정체성만을 집요하게 유지한다.
때문에 지금 이곳은 "가해자는 사라지고 피해자만 남은 도
시"로 규정되며, "횡령이 무화되고 적법이 용인되는/세계"
와 "알량한 행복을 위"한 기만적인 생활의 행진은 중단되지

않는다. 가해의 기억은 잊고 피해의 기억들로만 무장한 생활인들은 바깥(타자)과 "전쟁 중인 자"들이다. 그러나 이 생활의 전쟁은 바깥(타자)에 대한 '나'의 가해가 '나'의 피해로 고스란히 되돌아오는 과정이 된다. '길 잃은 나'와 "길 잃은 개"가 존재론적으로 구별되지 않는 역설은 이 사실을 가혹하게 환기한다.

현대 도시의 비루한 생활자인 '나'는 "고요한 방에서 증권회사로/시간을 뛰어넘는 놀라운 기술"을 연마하고, "불친절한 동생에서/윽박지르는 아들로 친척으로 친구로" "1인 3역 1인 5역을 연기하다 중심 없이 휘청거리다" "자신의 영역으로 움직여 가는 광기"(「코끼리 시간 여행법」)를 발산하며, "절박한 타락"(「沒年」)을 계속한다. 이 '나'들의 단순 집합에 불과한 '우리'는 "일상에 도사린 위험들/세계적으로 난민과 독재의 날들이 지속되고" 있음에도 "수가 떠오르지 않는 날들"과 "행동이 모자란 날들"(「엔드게임」)을 무기력하게 영위한다. 그리고 '우리'의 냉혹한 삶의 터전인 도시는 "소란이 쌓이다/검은 낙진들이 덮이"고 "갈라지는 폐/쓰러지는 낙타인간/뒤집힌 물고기"들이 창궐하면서 "돌연한 죽음이 몰려드는 장소"(「암점」)가 되었다. 고독사, 사고사, 자살 등 갈수록 다양해지는 비극적인 죽음들은 이제 생활의 세계에서 발생하는 익숙한 뉴스에 불과하며, 이런 맥락에서 이곳에서 일어나는 가장 "무서운 일은 한 개체가 자라나는 일"(「치르치르미치르」)이 된다. 도시의 생활에서 성장은 타자를 착취하고 부정하면서 자신을 강화하는 "무서운 일"이다. "너는 사라지는 발판이다/아득히 떨어지는 공포의 날들"(「실종」).

타자를 착취하는 성장은 건강하고 윤리적인 것일 수 없으며, 존재의 진정한 성장을 가져올 수도 없다. "아이들의 음화"라는 스산한 제목의 시에서 주영중은 이 같은 성장의 최종 결말을 그려 보인다. 폭력적인 성장의 방식을 강요받는 가운데 아이들이 성취하는 것은 성장이 아니라, '사라지는' 것이다. 따라서 "아이들의 음화"는 성장이라는 폭력적 과업의 희생양이 된 아이들에 관한 음화를 넘어, 우리 사회의 폭력성과 비윤리성에 관한 음화(陰畵/淫畵)가 된다.

> 불빛 속으로 아이들이 사라진다
> 모텔 선샤인
> 돌아갈 곳이 없는 걸요
> 깊은 숲으로 들어가는 느낌이었어요
>
> (중략)
>
> 아이들이 벗어 놓고 간
> 허물들
> 색색의 접힌 종이들이
> 불을 달고서
> 허공중으로 사라진다
>
> —「아이들의 음화」 부분

도시의 생활은 각 개인들에게 생존과 성장의 목표를 주입하면서 윤리적 타락과 내면의 고갈, 존재의 위기를 야기한다. 생활에 관한 주영중의 반성은, 그가 오마주(hommage, 존경심을 담은 모방)하고 있는 김수영의 그것보다 더 참담한 느낌을 준다. 두 시인이 살아 낸/내는 시대의 차이가 중요한 변수이겠으나, 주영중의 반성은 "매혹적인 공포"와 자기소멸의 욕망(혹은 전망)을 동반하는 점에서 김수영의 반성과는 다른 풍경과 어조를 갖고 있다.

> 두려움이 자라고
> 매혹적인 공포가 사는 곳
> 나는
> 미로를 만들고
> 미로에서 헤매는 자
>
>
> 최후의 공포 속을
> 걸어 다니는 초목
> 살과 뼈와 내장을 뚫는 창들
>
> —「生時夢」부분

> 공감하는 법을 잊어버린 사람들
> 그들은 대지 위로 떠도는 난민을 이해할 수 있을까
> 심장 속에 박힌 화살은
> 호두 속살같이 얽힌 미로의 시간은

석양의 붉은 입, 진흙 같은

어둠의 입속으로 들어가

잠드는 얼음 같은 밤들, 걷노라면

온 존재를 걸고 웃가지만 가벼이 흔들리고

몇 개의 코드만 건들면 물처럼 쏟아지리

—「견갑의수」 부분

 '생활'의 절대 과업 속에서 세계는 공포의 미로가 되었고, 공감하는 법을 잊은 사람들은 제각기 "물처럼 쏟아지"기 직전의 위태로운 상황에 있다. 주영중은 자신을 포함해 이 땅의 사람들에게 남아 있는 유일한 전망은 "당신 없는 미래"(「종신」), 즉 '내가 없는 미래'라고 말한다. '내가 없는 미래'만이 유일한 전망이 된 생활의 세계는 바깥을 향한 다른 형태의 범람을 꿈꾸는 것조차 "불법"으로 규정한다.

당신 생각은 불법이야, 살인적 리듬이 숨 쉬는 곳

당신의 광장에는 내일이 없지

幻影, 여름아

얼어 버린 물방울이 고요하게 폭발한다

도시 끝에서, 한강철교 너머에서

장마전선을 끌어올리며 우는 자귀나무

진앙지는 바로 나였다

거리의 속살 사이로 파고드는 질풍 같은 리듬
생활을 잊은 듯 질주할 것
리듬이 바뀌는 순간, 구피의 꼬리 같은
악몽의 시간으로 진입할 것

생환하라, 陰畵
생체-나무가 흔들리는 속도에 대해
꽃의 카오스에 대해 생각한다

분노는 겨우 바깥에서 터지는 꽃, 용납할 수 없는 자귀
꽃의 슬픔이 오늘의 술잔 속에서, 어진 사람의 입에서 혹은
묻지 마 살인자의 칼끝에서 터진다

리듬을 앓는 눈썹과 내 입의 기울기, 운명의 창밖으로 날
카로운 나무들이 이동한다
바람이 구름을 밀어내듯
초록의 잎들이 비밀을 누설하고 있다

조문받는 느낌이랄까, 갑갑한 발로부터 이륙하라
도시 상공에 구멍을 뚫는 처녀-새의 울음
불을 옮기는 역린

생활의 언명을 거스르는 태풍처럼

오렌지가 피워 내는 곰팡이들

녹색의 포자들이 지구의 리듬으로 날아가고

생활이 알리바이를 잃는다

—「생체-나무」 전문

 "생환하라, 陰畵"라는 주영중의 시적 명령이 새겨진 이 시에는 그가 지닌 생활에 대한 문제의식과 변혁의 열망이 폭발적인 정념 속에 그려져 있다. 출구 없는 수세의 시간 속에서 길을 찾는 자는 거침없는 공세의 순간을 바로 자신이 있는 그 자리에서, "바로 나"로부터 도모한다. 도시 생활이 일방적으로 강요하는 "살인적 리듬"을, "생활을 잊은 듯 질주"하는 "질풍 같은 리듬"과 "생활의 언명을 거스르는 태풍"으로 전환하는 생활의 혁명은, "질주할 것" "진입할 것" "이륙하라" 등의 행동형 의지를 통해 '나' 자신으로부터 시작된다. 주영중은, 모든 폭발과 분출과 질주와 비상과 이동 등의 "진앙지는 바로 나였다"고 말한다. '나'라는 일인칭은 '모두'라는 공동체 인칭의 분리된 한 조각이 아니라, 혁명의 최소 단위이자 최후 단위이며 '모두'가 도래하는 장소이다. '나'에서 출발하여 '모두'에 이르는 생활의 혁명, 존재 전환의 혁명은 '나'라는 '존재의 범람'이 취하는 가장 윤리적이고 타자 지향적인 방식이 된다.

 존재 전환의 혁명, 생활의 혁명에 돌입하는 순간은 '나'와 타자가 전과는 다른 존재가 되기 시작하는 순간이며, 전과는 다른 시선을 통해 재발견되는 순간이다. 주영중은 "불을 옮기는 역린"의 강렬한 징후들을 도시의 곳곳에서 목격한다. 도시 생활자들에게 쌓인 분노와 슬픔은 "오늘의 술잔"과 "어진 사람의 입"과 "묻지 마 살인자의 칼끝에서 터"지고, "갑갑한 발로부터 이륙하"는 "처녀-새의 울음"은 생활의 법으로 굳게 닫힌 "도시 상공에 구멍을 뚫는"다. 밀어내고, 누설하고, 이륙하고, 거스르고, 피워 내고, 날아가는 등의 반역과 역동의 서술어들은 "불을 옮기는 역린"이 도시의 여기저기에서 꿈틀거리고 있음을 드라마틱하게 보여 준다. 주영중의 시적 슬로건인 "생환하라, 陰畫"가 단호한 명령형의 어조를 취하는 것, 그가 존재와 생활의 혁명에 대한 열망을 거침없는 리듬으로 변주하는 것 역시 "불을 옮기는 역린"의 형식에 상응하는 것이라고 할 수 있다. 이런 측면에서 이번 시집에도 배경으로 등장하는 팝음악은 주영중의 혁명의 형식, 열정의 형식, 존재의 형식과 무관하지 않을 것으로 보인다. 주영중은 팝음악을 통해 적잖은 시적 영감을 얻어 온 듯한데, 한 예로 그가 인유하는 로버타 플랙(Roberta Flack)의 「Killing me softly with his song」의 가사는 그의 시 쓰기 작업을 우회적으로 설명해 주는 듯하다. "그는 손가락으로 나의 고통을 연주하고 있습니다/내 인생을 가사로 만들어 노래하고 있습니다//(중략)//그는 마치 나의 암울한 절망까지도 다 알고 있는 것처럼 노래를 불렀습니다/그리고선 내 쪽을 뚫어지게 보았죠 마치 내가 그곳에 없는 것처럼 생각하고 그는 계속 노래를 불렀어요". 단적으로 말해, 주영중에게 '시'는 한 인간이 살아가면서 필연적으로 겪게 되는 자기 존재의 과도한 범람, 생활의 이름으로 타자에게 가하는 갖은 폭력으로서의 범람, 자기 자신에 고착되어 있는 동시에 자신의 바깥(타자와 세계)을 향해 벌어져 외존(外存)하는 삶의 방식으로서의 범람 등을 이야기하는 장이며, 팝음악은 이미 그의 이야기를 타자들이 노래하고 있는 장이라고 할 수 있다. '나'의 이야기를 했을 뿐인데 타자들의 이야기를 하고 있고, 타자의 이야기를 들었을 뿐인데 '나'의 이야기를 듣게 되는 역설은 시와 팝음악을 위계 없이 하나로 연결하는 매개가 된다.

이제 마지막 이야기, 주영중이 오마주로 채택한 김수영과 달리 새롭게 나아가고 있는 지점에 대한 이야기를 할 차례가 되었다. "욕망이여 입을 열어라 그 속에서/사랑을 발견하겠다"(김수영, 「사랑의 변주곡」). 김수영이 생활에 대한 치열한 반성을 바탕으로 생활의 '욕망'을 '사랑'과 '혁명'으로 변주한 것은 "눈을 떴다 감는 기술", 즉 주체의 시선을 계속 갱신하면서 세계를 재발견하는 방법을 통해서였다. "타인의 시간이 입을 벌린다"(「빈집의 침입」). "문득 고유명사가 사라지고/발끝마다 맑은 물이 밟히는/가끔씩 뼈 부러지는 소리 들리는//열린 공간으로 비상하는 새들의 악몽/얼음의 암판들이 밀어 올린 융기의 시간"(「얼음 장미의 계곡」). 반면, 주영중은 '존재의 범람'이라는 차원에서 생활의 폭력성을 '사랑'으로 변주하고자 하는데, "너를 위해/침묵하며 다가가"고 "멈췄다가 다시 요동치는" 자기 변혁의 과정은 아름다운 것이자 끔찍한 것임을 강조한다. 그는 자신의 앞에 입을 벌리고 있는 "타인의 시간"에 참여하는 일, 즉 사랑과 바깥을 향해 "열린 공간으로 비상하는" 시간이 "감동적인" 시간이자 "악몽의 시간"이라고 말한다. 자기 존재의 범람이 생활과 생존을 위해 타자에게 가하는 폭력이 아닌, 타자에게 돌아가는 사랑이 되기 위해서는 '나'의 안과 바깥이 뒤집히는 획기적인 변화가 일어나야 하기 때문이다. 한 인간이 자신의 내부에서 일어나는 '다른' 움직임들에 대해 기대와 함께 불편하고 두려운 감정을 갖는 것은 자연스러운 일이다. 부작용을 동반하지 않는 작용은 없다. "나를 움직이는 파동들/오늘은 불편한 융기" "우리는 내일에 취해/헐거워진 생활의 살갗을 잊고/태양이 사라진 쪽으로"(「한밤의 파레이돌리아」).

그렇다면 존재의 획기적인 전복을 바탕으로 하는 '사랑'은 어떻게 가능한가? 주영중은 죽은 벌레 한 마리가 다른 개체들에게 뜯어 먹히는 '죽음'의 광경을 통해 이를 상징적으로 제시한다. "신경과 근육과 살갗이 뒤집혀/안이 바깥이 되고, 바깥이 안이 된다/최상부의 치부가 밑바닥의 생피가 되어/말단까지 흘러내린다". "썩은 살이 흘러내린다/광장이 넓어지고/죽은 광장이 살아나고 있다"(「没年」).

작은 태풍이 오듯, 너를 향해
돌아가야 하는 시간
감동적인 글을 만난 때처럼

그렇게 너를 위해
침묵하며 다가가는 시간

전진하는 산의 호흡법을 배워 봐
큰 호흡법을, 신념으로 나아가는 속도를
산이 전진하고, 예언은 되돌릴 수 없지
멈췄다가 다시 요동치는 사랑의 밀림처럼

(중략)

하늘을 향해 펼쳐진 성좌들처럼
매번 실패하는 사랑, 사랑들

청보리 수염이 심장에 닿는 밤
떠나간 사람들의 창백한
손,
산이 변혁을 시작하듯
작은 태풍 같은
몇 편의 밤이 찾아오고
사랑을 위해, 바깥을 향해
너를 위해 돌아가야 하는 시간

—「청보리의 밤」 부분

시 「청보리의 밤」은 김수영이 「사랑의 변주곡」에서 예언한 "복사씨와 살구씨가/한 번은 이렇게/사랑에 미쳐 날뛸 날"인 '아들의 시간'에 대한 하나의 응답이다. "사랑에 미쳐 날뛸" '아들의 시간'은 태풍의 속도와 "사랑의 밀림"의 요동 등에서 보듯 폭발적인 범람의 형태를 띤다. 주영중은 "사랑을 위해, 바깥을 향해/너를 위해 돌아가야 하는 시간"이 "매번 실패하는 사랑, 사랑들"과 '나'의 사라짐을 전제한다는 점을 덧붙인다. 다른 것과 다른 것 사이를 이어 주고 온전히 '사라지는 매개자'에서 주영중은 삶의 형식, 존재의 형식, 사랑의 형식, 혁명의 형식, 시의 형식 등에 가장 어울리는 형상을 본다. 프레데릭 제임슨이 베버를 통해 개념화했고 지젝 등이 역사의 전환기를 설명하며 차용한 '사라지는 매개자'는 대립과 대립 사이를 이으며 새 시대에 적합한 표상과 형식을 제시하고 사라지는 존재·개념·표상 등을 의미한다. 주영중은 '사라지는 매개자'가 사라짐과 없음 그 자체로서 세계의 재구성에 적극적으로 참여하고 있으며, '사랑'과 그 동의어인 '혁명'은 '사라지는 매개자'들이 수행하는 역사적이고 사회적인 행위에 앞서 존재론적인 행위임을 읽어 낸다.

이 점에서 시 「청보리의 밤」은 시 「하트 에이스」와 하나의 쌍으로 읽어야 한다. 「하트 에이스」에서 주영중은 "카드 한 장"이 사라졌을 뿐인데 "사라진 건 온전한 카드 한 벌"이 되고 마는 세계의 아이러니를 서술하면서(이런 관점에서 '사라지는 매개자'는 세계의 종속이나 하위 개념이 아니다. 매개자가 사라질 때 사라지는 것은 그만이 아니라, 그가 참여하고 있는 하나의 세계이기도 하다), "있어도 있는 게 아닌. 비어 버린 그 자리"에서 "지금 내가 움켜쥐고 있는 건 사라진 카드 한 장"이라고 진술한다. "어딘가에서 불쑥 튀어나올 것 같다. 카드 속 심장이 풍선처럼 터질 듯 한껏 부풀고 있다. 사라지자 나타나는 붉은 카드 한 장이 온전히 생각나는 이 시간에." 한 존재가 소멸하고 부재하는 와중에서도 세계의 변혁에 온전히 참여하고 있음은 "사라지자 나타나는"이라는 구절에 단적으로 부각되어 있다. 주영중은 자신이 하고 있는 시 작업의 의미역시, 바깥을 향해 터질 듯이 부풀었다가 "사라지자 나타나는" 존재론적 범람과 세계에 대한 참여에서 찾고 있는 것으로 보인다. 주영중이 그려 내는, "사랑을 위해, 바깥을 향해/너를 위해 돌아가야 하는 시간"이 '나'의 소멸과 겹치는 장면들에서 우리가 다시 확인하는 것은 '존재의 범람 혹은 범람하는 존재'의 미학적이고도 윤리적인 형상이다. 시 「가마우지의 여름 나기」에는 그 형상과 풍경이 좀 더 세밀하게 묘사되어 있다.

누군가 카드 한 장을 내려놓고 간다
거대한 낫을 든 해골과
건조한 바람과
소용돌이치는 대지가 그려진
카드 한 장을

나의 신발 한 짝과 당신의 신발 한 짝 사이의 무한한 거리

우리는 숨구멍의 개수가 다르고

위치가 다르고

가끔 그림자가 겹치는

나는 순간 너를 살고 있어

혹은 나는 너를 떠나가고 있어

우연히 만나고 언제 떠날지 모르는 운명의

겹침과 흩어짐 사이

그사이에 선

유쾌한 가마우지들

—「가마우지의 여름 나기」 부분

"우리는 숨구멍의 개수가 다르고/위치가 다르고/가끔 그림자가 겹치는" 사이이지만, 그러한 "운명의/겹침과 흩어짐 사이"에서 "그사이에 선/유쾌한" 존재들로 살아갈 수 있는 '가능성'이기도 하다. 우리는 모두 누군가 내려놓고 간 사라진 "카드 한 장"이며, "나의 신발 한 짝과 당신의 신발 한 짝 사이의 무한한 거리"를 떠돌며 '너'를 살아 내고 떠나가는 '사라지는 매개자'들, 다른 세계를 향해 이 세계를 변화시키는 데 삶과 존재, 행위는 물론 소멸과 부재, 무위 (non-working)를 통해서조차 참여할 수 있는 존재들이다. 주영중은 생활과 생존, 성장을 위해 다른 존재들에게 갖가지 폭력을 휘둘러 온 우리 세계의 파괴적인 실상(음화)을, 그것을 부정하는 차원을 넘어 다른 풍경으로 되살리는 방식으로 수정하고자 한다. "생환하라, 陰畵"(!) 주영중은 이러한 존재 변혁과 세계 변혁의 작업이 얼마나 혹독한 자기 부정을 발판으로 해야 하는지를 놓치지 않는데, 주영중의 시적 명령 혹은 열망이 차라리 주문(呪文)에 가까운 어조를 띠는 것은 그 혹독한 여정과도 밀접한 관련이 있을 것이다.